Sigrid Hamann
Betrachtungen eines Hundes

Sigrid Hamann

Betrachtungen eines Hundes

Philo und sein Blick auf den (Un)Sinn
im Leben

BoD

Bibliografische Information der Deutschen Nationalbibliothek: Die Deutsche Nationalbibliothek verzeichnet diese Publikation in der Deutschen Nationalbibliografie; detaillierte bibliografische Daten sind im Internet über http://dnb.dnb.de abrufbar.

Buchgestaltung: Sigrid Hamann
Umschlaggestaltung: Jörg Hamann
Herstellung und Verlag:
BoD – Books on Demand, Norderstedt

ISBN   978-3-744-896603

Die Welt mit den Augen eines Vierbeiners gesehen. Heiteres bis nachdenkliches aus Philos Leben.

Eine Lektüre für alle diejenigen, die das Zusammenleben mit einem Gefährten auf vier Pfoten zu schätzen gelernt haben, oder erst noch kennenlernen möchten.

Dieses Buch ist meinen Hunden gewidmet,
die über einen langen Zeitraum meines Lebens
mich begleitet haben.

Inhaltsverzeichnis

Vorwort

Das Zusammenleben mit einem Vierbeiner, in diesem Fall der Hund, ist etwas Wunderbares und bereichert unseren Alltag. Uns Menschen geben sie ein Vielfaches von dem zurück, was wir ihnen an Zuwendung jemals haben zukommen lassen. Sie rechnen nicht gegen und sind dankbar für jede liebevolle Geste. Wie auch der Mensch beschaffen sei, ob arm, reich, vital oder gebrechlich, macht für sie keinen Unterschied.

Überaus interessant ist zu sehen, wie vielfältig auch die Charaktere unserer Weggefährten sind. Da gibt es jene mit stark ausgeprägten Wesenszügen und viel Charisma sowie ausgesprochen verspielte und neugierige Hunde. Aber auch sensible und zurückhaltende sind unter ihnen zu finden – ähnlich den Menschen.

Man bescheinigt unseren Freunden auch eine blutdrucksenkende Wirkung auf uns Zweibeiner. Ihre Anwesenheit ist das Therapeutikum par exellence.

Unser ständiger Begleiter verfügt außerdem über die Fähigkeit, unsere Stimmungslagen zu erkennen und uns ein Lächeln ins Gesicht zu zaubern, in den Momenten, in denen uns nicht gerade zum Lachen ist.

Dadurch, dass er seine Spaziergänge einfordert, fördert er gleichzeitig auch unsere Gesundheit.

Nicht nur unser Vierbeiner genießt dabei die sozialen Kontakte die sich ergeben, sondern auch wir knüpfen durch ihn ständig neue.

Dass die Hunde sehr vielen Menschen über ihre Einsamkeit hinweg helfen, darf ebenfalls nicht vergessen werden.

Daher, mögen sie noch so unterschiedlich sein, ob groß oder klein, mit kurzen oder langen Beinen:

Sie alle verdienen unseren Respekt und unser Wohlwollen. Es ist der Mensch, der ihnen Gehorsam und stete Zuneigung abverlangt. Im Gegenzug schenken wir ihnen Fürsorge und gemeinsam verbrachte Freizeit.

Betrachtungen eines Hundes

Philo und sein Blick auf den (Un)Sinn

im Leben

Eine Frage der Herkunft.

Bevor ich vom gemeinsamen Leben mit meinen Menschen erzähle, möchte ich mich kurz vorstellen. Ich trage den Namen Philo, doch wie das immer auch bei Menschenkindern ist, sie und auch ich, wir können es uns nicht aussuchen, wie wir genannt werden möchten. Manche Eltern investieren recht viel Zeit, um den richtigen Namen für ihr Kind zu finden. Um uns Hunde machte man bislang nicht so viel Aufheben.

Wie mir seit einiger Zeit auffällt, sind unsere Besitzer in der Namensfindung ihrer anvertrauten Vierbeiner um ein Wesentliches erfinderischer geworden. Bei den Kontakten mit meinen Artgenossen höre ich oft sehr phantasiereiche Namen. Hätte man sich da bei mir nicht auch etwas mehr Mühe geben können?

Ich vernahm, dass im Internet seitenlange Namensvorschläge zu sichten sind.

Diese enorme Auswahl kann einen fast erschlagen. Es gibt aber die, die dem Ganzen sich widersetzten und ihren Hund einfach nur „Hund" rufen, aus welchen Gründen auch immer.

Ich bin ein inzwischen ca. fünf Jahre alter Rüde, so genau weiß niemand mein wirkliches Alter, weil ich ein so genanntes Findelkind bin. Doch alles ist, wie oft im Leben, relativ. Was sagt schon eine fiktive Zahl aus.

Über meine Vita hat man nicht allzu viel in Erfahrung bringen können. Habe ich meiner damaligen Bleibe freiwillig den Rücken gekehrt? Dann müsste ich nicht gut behandelt worden sein. Oder wurde ich von meinen früheren Besitzern aus dem Haus gejagt, vielleicht gar irgendwo in einer einsamen, gottverlassenen Gegend ausgesetzt? Es ist mir wirklich nicht mehr in Erinnerung.

Das negative Erleben, so heißt es doch von Seiten der Psychologen, allerdings in Hinsicht auf den Menschen, werde allzu gerne verdrängt. Ob dies auch auf uns Hunde zutrifft? Zumindest habe ich keine weitere Kenntnis darüber.

So lebte ich denn eine Weile auf der Straße und schlug mich mehr schlecht als recht durch, lief wahrscheinlich ziellos durch Wälder und Felder auf der Suche nach Nahrung.

Eines Tages wurde ich, wie man später berichtete, von der Polizei aufgegriffen und in einem Tierasyl untergebracht. Aus diesem konnte ich, dem Himmel sei Dank, recht bald von einer Tierschutzorganisation abgeholt werden, um mich bei einer Pflegefamilie zur Weitervermittlung unterzubringen.

Da ich ein ansprechendes Äußeres besitzen soll, ist es diesem Umstand wohl zu verdanken, dass ihre Vermittlungsbemühungen schon bald Erfolg zeigten. Weil die Gattung Mensch, so bemerkte ich inzwischen, sehr viel Wert auf ein gutes Aussehen legt und dies oft auch von uns Vierbeinern gewünscht wird, liegt die Vermutung nahe, dass eben das meine Haut gerettet haben könnte.

Bislang war mir noch nicht die Gelegenheit gegeben, mich von außen zu betrachten, was sich auch etwas schwierig gestalten sollte, oder um es anders zu sagen, wohl kaum machbar ist. Doch gehe ich davon aus, ein hübsches Exemplar zu sein.

Es gab allerdings ein paar Dinge von denen man glaubte, sie würden meiner Vermittlung im Wege stehen.

Das Gravierende war anscheinend meine nicht vorhandene Leinenführigkeit. Am Telefon wurde deshalb dem Paar, dass für mich sich entschieden hatte mitgeteilt, dass das Gehen an der Leine mit mir sehr schwierig sei, der genauere Wortlaut war: „Es ist „katastrophal." Doch das Ehepaar ließ sich nicht abschrecken.

Es hatte mich so erfuhr ich, ausgesucht, da ihm meine souveräne Art mit meinen Artgenossen umzugehen, gefallen hatte. Dieses sollte von einem friedvollen Wesen meinerseits zeugen.

Nach Ankunft der Eheleute in meinem „Übergangszuhause" wurde beschlossen, mit mir einen Spaziergang zu machen. Vermutlich sollten sie einer Prüfung unterzogen werden.

Mein Gastvater reichte diesem Fremden, der mein zukünftiges Herrchen werden wollte, die Leine. Jetzt kam das ans Tageslicht, was schon zuvor erwähnt wurde.

Meine zukünftige Familie ließ sich dabei nichts anmerken. Vielleicht war sie von Anfang an davon ausgegangen, so schlimm könne es gar nicht sein. Die Zähne zusammen beißen und den Gang beenden, las ich in den Gesichtern der Beiden. Schließlich wollten sie mich ja mit zu sich nach Hause nehmen. In den mit ihnen verbrachten Stunden spürte ich, dass sie mich längst in ihr Herz geschlossen hatten.

Gerne wüssten meine neuen Besitzer Genaueres über mein bisheriges Leben. Sie fragen sich ständig, was mir alles zugestoßen sei und warum mein Verhalten in bestimmten Situationen gerade so und nicht anders ist.

Leider kann ich ihnen auf all ihre Fragen keine Antwort geben.

Wäre ich als Welpe zu ihnen gekommen, würde es sich für sie sicher um ein Vielfaches einfacher gestaltet haben. So wird es ein ewiges Geheimnis bleiben.

Jenes Unergründliche birgt ja auch seinen Reiz und umgibt einen mit einer geheimnisvollen Aura. Ob das allerdings auch bei uns Hunden so ist, bleibt erst einmal reine Spekulation. Vielleicht erfahre ich ja irgendwann von einem Artgenossen mehr darüber.

In der folgenden Zeit ergaben sich zwischen meinen Leute und mir enorme Verständigungsprobleme.

In meinen ersten Lebensjahren wurden alle Anweisungen auf französisch an mich gerichtet, da ich aus einem französischsprachigen Land stamme. Daher hat mein Frauchen dann ihre Sprachkenntnisse, die schon ziemlich verschüttet waren, wieder reaktiviert. Viel habe ich in meinem früheren Leben wohl nicht gelernt, so argumentierte meine Familie.

Wochen später befand der Hausherr, dass es an der Zeit sei, nun endlich die hiesige Landessprache zu erlernen. Dies leuchtete mir letztendlich ein und so lernte ich als Erstes das Kommando „Sitz." Alle waren zufrieden, ich auch. Das anschließende Belohnungssystem funktionierte einwandfrei. Trotzdem machte ich es ihnen in den nächsten Monaten nicht gerade leicht.

Notwendiges Übel.

Mir wurde in den Wochen, in denen ich bei meiner Pflegefamilie lebte, erstmals ein Halsband umgelegt. Ob ich davor jemals Eines getragen habe, ist uns allen nicht bekannt. Spaziergänge waren mir demnach fremd und ein absolutes Novum das Gehen an der Leine.

Dafür fuhr man jetzt schweres Geschütz auf: Einzeltraining in Leinenführung. Bevor das Training beginnen sollte hieß es, es wäre notwendig, mir ein neues Halsband zu besorgen.

„Ach", so meine Meinung, „das ist doch nicht nötig."

Wer lässt sich schon gerne an die Leine legen. Doch ich stand ziemlich alleine da mit meiner Ansicht. Ich befürchtete, nichts dagegen tun zu können.

„Philo, das ist sehr sinnvoll, glaube es mir", versicherte meine Ernährerin. Nach ihrer Äußerung stieg leise Rebellion in mir hoch.

„Morgen früh", so hieß es, „fahren wir zu einem Geschäft für Tierbedarf. Du wirst sehen, wir werden etwas Passendes für dich finden."

Dabei strich sie mir mit der Hand tröstend über meinen Kopf und schaute mich aufmunternd an. Am nächsten Tag machten wir uns in der Frühe auf, um die Androhung wahr zu machen.

Unzählige Modelle, die mir zur Anprobe um meinen wohlgeformten Hals gelegt wurden, entsprachen irgendwie nicht ihrem Geschmack. Die Einen waren mit zu viel Strass, die Anderen mit Nieten versehen.

Doch ich habe da meine ganz eigenen Vorstellungen in Bezug auf meinen Halsschmuck.

Wenn schon etwas um den Hals getragen werden muss, so wünschte ich mir genau so ein goldenes Halsband wie es einst Zeus ursprünglich als Liebesgabe an Europa hatte schmieden lassen.

„Philo", sprach der Herr des Hauses und schaute mich etwas ungläubig an.

„Bei der derzeitigen Höhe des Goldpreises? Das kannst du vergessen."

Enttäuscht nahm ich seine Worte zur Kenntnis.

„Hier sieh", sagte er, „wir haben ein schönes gefunden" und hielt mir ein Ledernes entgegen.

„Es passt und die Farbe stimmt auch."

Daraufhin musste ich denn meine Wünsche begraben. Aber irgendwann, so hoffte ich, werde ich es bekommen. Wenigstens ist das Neue, wenn schon nicht aus Gold, so doch auch nicht aus Plastik.

Dann begann das leidige Training mit der Leine. Dazu fuhren wir hinaus aufs Land. Der Trainer war mir von Anfang an nicht sympathisch und eine Spur zu ruppig, wie ich fand. Es wollte sich einfach kein Vertrauen meinerseits zu ihm einstellen.

Bald merkte ich, dass es auch meinen Besitzern ähnlich ging. Daher war ich vollends erleichtert, als diese Stunden vorzeitig beendet wurden.

Jetzt versuchten sie, Tipps aus dem Internet mit mir umzusetzen. Es war ein zähes Ringen und anfangs nur von mäßigem Erfolg gekrönt.

Erziehung tut Not.

Nun kamen sie auf die Idee, eigens für mich eine Hundeflüsterin zu engagieren. Nachdem diese uns Zuhause aufgesucht hatte, erklärte sie meinen Leuten zwei Stunden vorweg, worauf es bei der Erziehung ankommt.

Als wüssten diese das nicht, denn wie mein Herrchen erzählte, waren in ihrem Haus schon vier Hunde heimisch gewesen. Auch ein Pflegehund lebte ein paar Jahre bei ihnen.

Während die Dame von meiner bevorstehenden Erziehung sprach, rekelte ich mich genüsslich auf dem Sofa. Ja, das ist richtig, auf dem Sofa. Meine beiden, ich gebe zu recht hübschen und sicher auch bequemen Hundekörbchen, lasse ich links liegen.

Das Erste, das ich meiner neuen Familie beigebracht habe, ist, dass sie meinen Anspruch auf einen Platz auf ihrer Couch respektieren.

Was soll ich sagen, ich habe kein Aufbegehren bemerkt, ganz im Gegenteil. So hatten sie mich immer neben sich liegen und konnten mich nach Herzenslust kraulen. Das löste natürlich Behagen auf beiden Seiten aus .

Inzwischen besitze ich auch eine eigene Decke und ein kuscheliges Kissen, denn ich mag es gerne bequem. So weich gebettet lässt es sich herrlich träumen von bevorstehenden Abenteuern oder aber der nächsten Mahlzeit.

Im Wohnzimmer stehen auch ein paar bequeme Sessel, die es zu erobern galt.

Nachdem ich feststellte, dass ich mit Leichtigkeit einen Platz auf ihrem Sofa erlangte, dachte ich mir, auf so einem Sessel muss es sich auch gut liegen.

Und so habe ich mir einen von ihnen ausgeguckt. Seit ein paar Tagen ist dieser nun mein. Von diesem Platz aus kann ich mit meinen Leuten auf Augenhöhe kommunizieren, denn sie sitzen mir gegenüber.

Schließlich braucht auch ein Hund Abwechslung bei der Auswahl seiner Liegeplätze.

Aber zurück zu der Hundetrainerin. Beim dritten Treffen waren wir in der freien Natur. Sie wollte natürlich sehen, wie ich an der Leine gehe. Um meinen Leuten weitere Kosten zu ersparen, die sie besser für Spielsachen ausgeben könnten, gab ich mich ganz kooperativ.

„Ich weiß gar nicht, was Sie wollen, Philo geht doch wie eine Eins", meinte die Frau.

Diese Bemerkung schmeichelte meinem Ego. Natürlich hat es mir auch Spaß gemacht, war das Ganze doch sehr abwechslungsreich und fast immer folgte anschließend meine Belohnung. Für Zwischenmahlzeiten habe ich jederzeit etwas übrig. Danach gab sie noch ein paar Ratschläge, zwecks besserer Verständigung zwischen uns, und zwar so genannte Markerworte.

Jedes Mal, wenn ich zum Beispiel wie von ihnen gewünscht mich umdrehe, sollten sie mir ein bestimmtes Wort zurufen und mir ein Leckerli zuwerfen.

„Er hat" und sie deutete auf mich, "ein gewisses Aufmerksamkeitsdefizitsyndrom."

„Oh Himmel", dachte ich mir, „doch nicht dieses berüchtigte ADS. Hoffentlich muss ich jetzt dagegen keine Tabletten einnehmen."

Jedoch der Verweis auf die Leckerlis ließ mich aufatmen.

In freier Wildbahn.

Die folgenden Wochen empfand ich als ziemlich anstrengend. Immer, wenn ich draußen etwas Interessantes in der Nase hatte oder Spuren lesen wollte, hörte ich etwa sieben Meter hinter mir am Ende der Leine meinen Namen rufen.

Nun ja, inzwischen habe ich mich auch an diesen gewöhnt. Einen langen Augenblick überlegte ich, ob ich mich umdrehen sollte. Dieser dauerte ihr wahrscheinlich etwas zu lang und sie rief erneut meinen Namen. Doch dieses Mal meinte ich, Unwillen heraus zu hören. Dann fiel mir das Leckerchen ein, das mir winkt, wenn ich ihrer Bitte Folge leiste und mich ihr zuwende. Außerdem fand ich, war es Zeit für einen kleinen Snack. Gnädig drehte ich mich um, sofort verschwanden die Unmutsfalten von der Stirn meines Frauchens. Sie zauberte ein Lächeln in ihr Gesicht. Genauso schaut sie mich an, wenn ich neben ihr auf der Couch liege.

Ein zärtliches „Fein" kam über ihre Lippen. Großmütig nahm ich die Geste und das Leckerli an. Es war zwar nicht ganz nach meinem Geschmack. Lieber hätte ich eines dieser sehr intensiv riechenden Leckerchen vom Pansen. Nun, wie gesagt, ich wollte mich etwas entgegenkommend zeigen.

Wenn ich etwas in meinem kurzen Erdendasein gelernt habe, dann das, dass man mit ein wenig

Entgegenkommen wesentlich leichter durchs Leben geht.

Nach unseren Spaziergängen wartet zu Hause ein feines Essen auf mich. Anschließend lege ich mich auf mein Sofa, döse vor mich hin und lasse alles Revue passieren, zum Beispiel die Rehe, die Kühe und die Hasen, die ich gesehen hatte.

Sind wir draußen in der Natur, dann möchte ich hinter allem herjagen, was sich bewegt, denn ich habe einen riesigen Jagdtrieb. Schon wenn im Wind ein Grashalm flattert, vermute ich dahinter eine Maus. Von Loch zu Loch springen und diese noch größer buddeln, ist eine meiner Leidenschaften.

Es gibt allerdings noch ein paar Affekte, die bei uns gar nicht gerne gesehen sind. Einer von ihnen ist das Katzen jagen, der Andere die Tatsache, dass ich mich gerne in irgendwelchen Abfällen suhle.

Bei einem unserer herrlichen Spaziergänge kann es vorkommen, dass mir so ein „strenger Duft" in die Nase steigt. Urplötzlich habe ich den Wunsch, mich wieder einmal ausgiebig zu parfümieren. Ich eile auf die Duftquelle zu und ehe meine Leute mitbekommen, was ich vorhabe, wälze ich meinen Körper in einem Kadaver.

„Es hat", so sagten sie einmal, „etwas Ähnlichkeit mit einem Stück Fleisch, das in einer Marinade von allen Seiten gewendet und anschließend paniert wird."

Jedoch lange wird dieser Duft nicht an meinem Fell bleiben, das ist gewiss.

Der Heimweg gestaltet sich nun ziemlich wortkarg. Niemand richtet das Wort an mich. Blieben wir sonst öfters stehen und schauten über die Felder, hieß es: „Sieh mal Philo, ein Raubvogel." Oder aber „da, ein Kaninchen!"

So jedoch wird mir nur kurz prophezeit, was mich zu Hause erwartet, nämlich ein Duschbad. Allein, dass ihr Geruchsempfinden erheblich von dem Meinen sich unterscheidet, habe ich doch das unbestimmte Gefühl als wäre ich, aber nur in diesem bestimmten Fall, in ihren Augen mit einem Makel behaftet.

Dabei finde ich es höchst paradox, hat man sich erst parfümiert, dies sofort wieder abzuwaschen. Ich jedenfalls habe noch nie gesehen, dass, hat mein Frauchen ihren Lieblingsduft aufgetragen, sie diesen umgehend wieder entfernte.

Auch ich liebe es, unterschiedliche Düfte zu tragen. Habe ich einmal das seltenere Vergnügen, bei einem Aufenthalt am Wasser, auf einen besonders geruchsintensiven Fischkopf zu stoßen, entzückt es mich außerordentlich, denn die Haltbarkeit entspricht in etwa einem Eau de Parfum. So kann ich doch sicher sein, dass dieses Souvenir recht lange an mir haftet. Es überdauert sogar mehrere Waschgänge.

In unserem Keller befindet sich eine Dusche, eigens für mich. Es wäre mir nie in den Sinn gekommen, um ein Badezimmer, speziell für mich, zu bitten.

Sogleich werde ich durch den Hintereingang geführt und in die Duschwanne gestellt. Natürlich wehre ich mich mit allen Kräften.

Noch nie habe ich von einem meiner Artgenossen gehört, er ließe sich gerne das Fell nassmachen. Als es wieder einmal soweit war und ein Waschgang drohte, wagte ich noch einen Einwand, bevor der Wasserhahn aufgedreht wurde.

„Ich hätte vor einiger Zeit davon gehört, dass in Indien nur alle zwölf Jahre die Menschen zusammen in einen großen Fluss steigen, um sich zu säubern. Warum ich denn jedes Mal, wenn ich ein wenig von dem, was sie Schmutz nennen an mir habe, gewaschen werden muss."

Das jedoch ließ die Frau des Hauses nicht gelten und schmetterte meine Worte mit ihrer Antwort nieder.

„Mein lieber Philo, das hast du sicher falsch verstanden. Es handelt sich nicht um eine profane Körperwäsche, sondern dort geht es um rituelle Reinheit."

Trotzdem verstand ich immer noch nicht. Mein fragender Blick veranlasste sie, mich etwas weiter aufzuklären.

„Du musst wissen, dass es sich dabei um den „Heiligen Fluss Ganges" handelt, genannt auch die „Mutter Indiens", an dem dieses Fest, nach der hinduistischen Glaubenslehre, stattfindet.

Doch habe keine Angst, hier wirst du nicht in einer Kloake gebadet und musst nicht Krankheit oder Tod befürchten.

Es handelt sich hierbei einfach nur um klares Leitungswasser".

Nach dieser kurzen Erklärung drehte sie entschlossen den Hahn auf und das Wasser floss nun unbarmherzig über meinen Körper. Kurze Zeit später beugte sie sich zu mir herab und roch an meinem Fell. Ihr Naserümpfen zeigte mir, dass die Prozedur noch nicht beendet war.

Nach einer gefühlten Ewigkeit hatte ich es endlich überstanden. „So", meinte sie, während sie mich abtrocknete, „jetzt darfst du auch wieder auf unser gemeinsames Sofa."

Unfreiwillige Fitness.

Meine Leute scheuen keine Mühe mir, so meinen sie, Wichtiges beibringen zu müssen. Sie nennen es, mit mir arbeiten. Fragt sich nur, wer arbeitet. Morgens fahre ich gerne mit meinem Herrchen in die Feldmark, doch eigentlich nur um zu stöbern. Irgendwie muss ich ja auch meinen angeborenen Jagdtrieb ausleben.

Dann jedoch holt er die fünfzehn Meter lange Schleppleine aus dem Auto. Und wer bitte, muss diese Last hinter sich herziehen? Ja natürlich ich. Das ist Schwerstarbeit. Auf diese Weise erspare ich mir allerdings auch das Fitnessstudio. Nach unserem langen, gut anderthalb Stunden währenden Spaziergang, freue ich mich endlich wieder zu Hause angelangt zu sein.

Jetzt habe ich nur noch einen Wunsch, mich auf meinen Sessel zu legen und bis in die Mittagsstunden zu schlafen, jedoch nicht ohne vorher ausgiebig gefrühstückt zu haben.

Natürlich gibt es auch angenehme Arbeiten. Zur Zeit versucht man mir ein so genanntes Abrufsignal näher zu bringen. Dafür haben sie eigens Rindfleisch – so der Ratschlag der Hundetrainerin, da es besonders gerne von uns angenommen würde - für mich gekauft und in kleine mundgerechte Stückchen geschnitten. Also, das Stück im Ganzen hätte mich auch glücklich gemacht.

So ist es mit sehr viel Arbeit für mich verbunden, um an die delikaten Bröckchen zu gelangen. Was sie von mir wollen habe ich schnell begriffen und ausnahmsweise zeige ich mich einmal von der lernfreudigen Seite.

Draußen im Garten ruft einer meiner Besitzer mich, nämlich immer wenn sie sehen, dass ich interessiert auf etwas schaue, zum Beispiel angeblich vorhandene Mäuse im Gebüsch. Natürlich tue ich ihnen den Gefallen. Ganz schnell wende ich mich dem Rufenden zu. Schließlich muss ich es ihnen ja auch ein wenig leicht machen, damit ich bald an meine Leckerli komme. Nennen wir es zuarbeiten. Jetzt folgt die Belohnung.

Nach diesen Übungen sind alle zufrieden, vor allem ich. Das ist eine der Übungen die wir, jedenfalls aus meiner Sicht, mehrmals am Tag machen könnten.

Was mein Zuhause betrifft, so meine ich, kann ich mich wirklich glücklich schätzen. Ein großer Garten steht zu meiner Verfügung. Dort habe ich ein Areal von meiner Familie zugewiesen bekommen, wo ich nach Herzenslust buddeln kann.

Anschließend lege ich mich in die kleinen Mulden und döse vor mich hin. So kann ich stets sehen, welches Tier sich gerade dort aufhält.

Zwei Straßen weiter liegt ein kleines Wäldchen, in dem ich mehrmals am Tag meine Leute spazieren führe, damit auch sie etwas für ihre Gesundheit tun.

Denn sie müssen ja entsprechend fit sein, um mich weiterhin adäquat versorgen zu können. Außerdem gibt es dort einen großen Sandplatz, auf dem es sich herrlich toben lässt. An jedem Tag treffe ich dort auf mehrere meiner Artgenossen. Sehr seltsam jedoch finde ich einige Gegebenheiten, was die Spaziergänge angeht.

Von einem zum anderen Tag im April ist es mit dem Herumtollen im Freien vorbei. „Leinenzwang" nennen sie es. Welch schreckliche Sitte. Sogar Bestrafungen bei Zuwiderhandeln werden angedroht. Dieses überflüssige Prozedere, das jedes Jahr um die gleiche Zeit veranstaltet wird, hat unsere Hundegemeinde sehr verärgert.

Sehr schade ist es, dass in unserer Stadt für uns keine ausgewiesenen und vor allem eingezäunte Freilaufflächen vorhanden sind, damit wir uns nach Hundeart einmal so richtig bewegen können. Von meinen Artgenossen höre ich des öfteren, dass in vielen anderen Städten − wenn sie mit ihren Besitzern dort sich aufhalten - solche Plätze eingerichtet wurden.

Auch finde ich, sollte man gerechterweise die Katzen ebenfalls an die Leine legen. Beobachte ich sie dabei, was sie in den Gärten ringsum treiben, steigt in mir der Groll hoch.

Es soll in unserem Land sogar ein Gesetz geben, dass uns Hunde verbietet in fremde Gärten zu gehen.

Für Katzen trifft dies jedoch nicht zu.

Ihre Vormachtstellung dort ist ungebrochen und niemand hindert sie an ihrem Tun. Verstehe einer diese Vorschriften.

Als ich erst kurze Zeit bei meiner Familie lebte, vergaß diese ein paar Mal die Tür nach draußen zu schließen. Da packte mich oft der Drang in die Nachbargärten zu schauen. Jedoch währte die Freiheit nur kurz, da sie mich zügig wieder eingefangen hatten.

Ist es vielleicht ein Überbleibsel aus meiner Wanderzeit? Einmal unerwünschtes Verhalten wieder abzulegen, fällt uns genau so schwer wie den Zweibeinern.

Der leidige Tierarztbesuch.

Vor geraumer Zeit ging es mir gesundheitlich gar nicht gut. Das Leben auf der Straße hatte mir doch ziemlich zugesetzt. Das machte natürlich den Einen oder Anderen Tierarztbesuch erforderlich. Jedes Mal, wenn ein Solcher bevorstand, wurde in unserem Hause von einem „Drama" gesprochen.

Der erste Besuch ist mir noch in besonderer Erinnerung. Um eine genaue Diagnose stellen zu können, ordnete die ja eigentlich ganz nette Tierärztin, eine Blutentnahme an. Jetzt offenbarte sich die Bedeutung des Wortes „Drama."

„Heben sie ihn auf den Tisch", bat sogleich die Ärztin.

Meinen heftigen Widerstand jedoch hatte niemand erwartet. Alle Versuche, meiner habhaft zu werden, wehrte ich erfolgreich ab und legte mich einfach auf den Boden. Unschlüssig standen sie vor mir und erörterten ihre Strategie, mich doch noch auf den Behandlungstisch zu bekommen. Kein gutes Zureden, kein Locken und keine Leckerlis konnten mich umstimmen.

Auf diese Weise zwang ich sie alle in die Knie. Um an meinen kostbaren Lebenssaft zu gelangen, blieb ihnen nichts anderes übrig, als sich ebenfalls zu mir herab zu begeben. So hielten mich zwei ihrer Helferinnen und mein Herrchen, allesamt auf den Fliesen hockend, fest.

Unentwegt flüsterte mein Frauchen mir ins Ohr: „Fein machst du das", um eine Beruhigung zu erreichen.

Dabei wusste ich genau, dass das Ganze gar nicht fein war, was ich ihnen gerade bot.

Es ergab sich einfach aus einer, wie ich meine, Notwendigkeit heraus. Dieses Gefühl des Ausgeliefertseins war übermächtig. Zu keiner Zeit habe ich auch nur Genugtuung verspürt, während wir alle uns auf dem Boden befanden. Seine Wirkung hat es jedoch nicht verfehlt.

„Sie müssen", so der Rat eines anderen Tierarztes, „ihn desensibilisieren."

Lange habe ich überlegt, was damit gemeint sein soll und bin zu dem Ergebnis gekommen, dass es vielleicht so eine Art „Gehirnwäsche" sein könnte oder um es in der Computersprache zu formulieren „einmal die Software ändern."

Die Inspektion meines Körpers und die so genannte Körperpflege wie Ohren säubern, mein Fell kämmen und dergleichen müsste mir nicht mehr lästig erscheinen sondern als etwas, das ich gerne über mich ergehen lasse.

Jedoch die Zeit tat ihr übriges, denn je mehr von ihr verstrich, umso vertrauter wurde mir meine Familie. So erübrigte sich inzwischen auch das so genannte „mentale Umprogrammieren."

Freiwillig lasse ich nun das Notwendige an Pflege zu. Zum Beispiel die lästigen Zecken entfernen, die sich hartnäckig festsetzen oder mein Fell bürsten – dieses natürlich nur widerwillig - und kleine Blessuren verarzten. Zähneputzen, das ist eine der Maßnahmen, die mir absolut nicht einleuchten will.

Meine Zähne müssten dringend einer intensiven Reinigung unterzogen werden, heißt es bei uns. Ihrer Meinung nach würde ich zu wenig an meinen Kauknochen nagen.

Diese liegen in meinem Körbchen, doch habe ich so recht keine Lust darauf zu kauen. Lieber horte ich sie auf meinem Lager und lege mich darauf, das löst Kopfschütteln bei meinen Leuten aus. „Er ist einfach kau-faul", kommentieren sie meine Marotte.

Allein der Hinweg zum Tierarzt, den ich jetzt gut kenne, lässt Panik in mir aufkommen. Jedes Mal, wenn wir die kleine Straße erreichen, in der die Praxis liegt ahne ich, dass es wieder sehr unangenehm werden könnte.

Stehen wir dann bereits mit dem Auto vor dem Haus, bin ich innerlich zur Gegenwehr bereit. Nachdem sie die Heckklappe geöffnet haben erwarten sie, dass ich heraus springe. Doch ich schalte auf stur. Dann setze ich mich auf meine Hinterbacken und stemme meine Vorderfüße auf den Boden. Auf keinen Fall habe ich vor, auszusteigen.

Beherzt und mit festem Griff packen sie zu und tragen mich zur Eingangstür. Dort erst werde ich abgesetzt.

Dabei fühle ich mich, als sei ich auf einer Demo.

Sicher resultiert alles daraus, weil ich eine so empfindsame Seele habe. So besitze ich natürlich auch viel Empathie für andere Wesen, zumindest für meine Artgenossen und meine Familie. Auch habe ich festgestellt, dass die Menschen ebenfalls zu dergleichen Empfindungen fähig sind. Allerdings soll es auch jene geben, die damit nicht so reich gesegnet sind.

Bei vielen meiner Begegnungen mit den Zweibeinern muss ich feststellen, dass ihre Welt und auch das Wesen, das sie verkörpern, ziemlich komplex sind. So legen einige, so meine Meinung, ein sehr ambivalentes Verhalten an den Tag.

Einerseits möchten sie, dass man sensibel mit ihnen umgeht, andererseits entbehrt ihrem Umgang mit ihren Artgenossen jegliche Feinsinnigkeit.

Ich jedenfalls schätze es sehr, sollte jemand mit genügend Sensibilität ausgestattet sein, er sodann auch entsprechend mit mir umgeht.

Nachdem nun genauere Kenntnisse über meine Beschwerden vorlagen, wurde eine Therapie mit Naturheilmitteln und Homöopathika vorgeschlagen. Mit den Globulis tat sich mein Frauchen etwas schwer.

Sie meinte „Versuch macht klug und schaden kann es auch nicht. Letztendlich kommt es auf die Wirkung an."

Und die setzte tatsächlich, wenn auch erst nach Monaten, ein. Nachdem noch einige Zeit verstrich, konnte von einer wesentlichen Besserung gesprochen werden. Was auch immer diese hervor gerufen hatte, bleibt im Dunkeln.

Die nächtlichen Gassigänge waren somit vorüber. Schließlich muss der Hund und selbstverständlich auch der Mensch des Nachts einmal schlafen.

Selbst mein Futter wurde umgestellt, obwohl mir das Alte auch geschmeckt hatte. Ich muss sagen, mein Appetit war mir zu keiner Zeit vergangen.

Apropos, wo ich gerade vom Essen rede.

Fragte mich letztens eine Freundin meiner Familie, ob ich ein Lieblingsfutter hätte. Wäre ich der menschlichen Sprache mächtig, könnte ich ihr in etwa Folgendes geantwortet haben:

„Dass es doch schade sei, das Eine zu sehr zu bevorzugen. Schließt es ja die ganz große Vielfalt aus, die es noch zu kosten gäbe."

Besuchszeiten.

Schon Tage zuvor, hat in unserem Hause Besuch sich angemeldet, ist eine latente Unruhe zu spüren. Um den Gästen ein besonders schmackhaftes Essen zu servieren, werden etliche Kochbücher gewälzt und Speisefolgen festgelegt.

Niemand käme indes auf die Idee, mir ein Vier-Gänge-Menü zu reichen.

Dabei hätte ich durchaus ein paar Vorschläge zu machen, die mir eine außerordentliche Freude bereiten würden. Auch meine Menü-Kreationen sind nicht minder interessant. Ganz oben auf meiner geheimen Wunschliste steht ein saftiges Stück vom Rind, selbstverständlich im rohen Zustand. Die Prozedur des Garens kann man sich getrost ersparen. Wildfleisch würde ich auch nicht verschmähen.

Auf eine Suppe als Vorspeise kann ich verzichten. Dafür nehme ich eine Lachsforelle, oder ebenfalls sehr schmackhaft, meine ich, ist Entenfleisch auf Süßkartoffeln mit Kürbis. Die Beilagen allerdings, seien sie auch noch so gesund, empfinde ich hierbei eher als überflüssig, denn ich liebe den puren Genuss.

Was das Dessert angeht, so löst eine Süßspeise in mir keine Begeisterung aus. Eher schwebt mir etwas vom Dorsch vor. Ich erwähnte ja schon zuvor eine gewisse Affinität meinerseits zu den Fischen.

Allerdings, bekomme ich sie als Speise gereicht, bevorzuge ich ihre Frische. Natürlich lieben auch wir Vierbeiner die Vielfalt im Napf.

All diese Köstlichkeiten sind für mich Verheißungen. Doch wie eintönig verliefe unser Leben, würden wir nicht von Zeit zu Zeit träumen.

In den Zeiten ihrer Vorbereitungen fühle ich mich ziemlich vernachlässigt. Nicht etwa, dass sie nicht sich kümmerten. Nein, entweder unsere Spielstunden werden gestrichen oder arg eingeschränkt.

So liege ich denn auf meinem Sessel und verspüre Langeweile. Dabei verfolge ich ihr Geschäftig-sein mit gemischten Gefühlen. Jetzt folgt das, was ich gar nicht nachvollziehen kann. Es wird ja schon geputzt an jedem Tag. Nun aber scheint es mir, es müsste reiner sein als rein.

Überall wo ich mich auch gerade befinde, stehe ich im Wege. Da herrscht keine Gemütlichkeit mehr.

Doch irgendwann hebe ich meine Nase und wittere die herrlichen Düfte, die langsam beginnen, durch das ganze Haus zu ziehen. Das regt meinen Appetit an. Allerdings weiß ich inzwischen, dass diese zubereiteten Speisen nicht für mich gedacht sind.

Treffen dann die Gäste ein, freut mich das ungemein, denn das ist der Auftakt zu meinem Auftritt.

Endlich kann ich so die ungeteilte Aufmerksamkeit aller genießen, was ich als Entschädigung betrachte. Hoffentlich sind einige der Besucher Hunde-tauglich. Auf Augenhöhe mit mir zu kommunizieren finde ich sehr angenehm. Denn sie sollten nicht von oben herab meinen Kopf tätscheln, das löst immer ein wenig Unbehagen in mir aus.

Sind alle Gäste eingetroffen und sitzen bei Tisch, bemerke ich irgendwann, dass ihre Gespräche um mich sich drehen. Es kann dabei nur um Gutes sich handeln, meine ich. Der Klang ihrer Stimme und ihre Mimik lassen diese Vermutung zu, da sie mir zulächeln. Diese Situation nehme ich natürlich zum Anlass, ein paar Streicheleinheiten abzuholen.

Nun teste ich die Anwesenden auf ihre Standfestigkeit. Vielleicht lässt einer von ihnen sich hinreißen, mir etwas von seinem Teller zukommen zu lassen. Ich hoffe nicht, dass mein Appetit, der an solchen Tagen besonders ausgeprägt ist, in meinen Augen sich widerspiegelt. Denn es wäre mir nicht recht, den Anschein eines „gierigen Hundes" zu erwecken. Wer auch kann schon diesen verlockenden Gerüchen widerstehen.

Da wird so ein kleines Wesen wie ich zum absoluten Verzicht angehalten.

Vor Wochen erlebte ich es, dass wohl einer der Gäste gewillt war, mir ein kleines Stück Brot zu reichen. Er hielt es zwischen Daumen und Zeigefinger ein wenig in die Höhe.

Es leuchtete mir entgegen, als wäre es ein kleiner Rohdiamant.

Doch dann schaute er mein Herrchen an und stellte diese überflüssige wie kurze Frage, sie bestand nur aus zwei Worten: „Darf er?" Ebenso karg fiel die Antwort aus:"Nein!"

Darauf hin steckte mein verhinderter Gönner das mir zugedachte vom Baguette in seinen Mund und blickte mich leicht verlegen mit einem entschuldigenden Lächeln an.

Denn, den wachsamen Blicken der Gastgeber entgeht nichts. Und so ging ich, wie immer in solch einem Fall, leer aus. Einen Versuch war es jedenfalls wert.

Nun hieß es für mich, meine gute Erziehung zu zeigen. Erfordert es nicht ein gewisses Maß an innerlicher Größe, all diesen Genüssen zu entsagen? Außerdem bekomme ich an den anderen Tagen auch nichts vom Tisch.

Sollte ich jemals eine Wiedergeburt erleben. So wünsche ich mir, mit der Fähigkeit ausgestattet zu werden, eine Kühlschranktür öffnen zu können.

Vielleicht sollte ich diesbezüglich noch ein wenig an meinem Karma arbeiten.

Jedoch, kurz bevor der Besuch eintrifft, entschwindet die Frau des Hauses in Richtung Kleiderschrank. Natürlich folge ich ihr.

In angemessener Entfernung lasse ich mich nieder um zu sehen, ob sie auch die richtige Wahl trifft.

Das folgende Prozedere habe ich schon ein paar Mal erlebt. Sie nimmt ein Kleid vom Bügel, streift es über und beäugt sich kritisch im Spiegel.

An ihrem Gesichtsausdruck erkenne ich, dass es die falsche Entscheidung war.

Nachdem sie es wieder abgelegt hat, holt sie das Nächste aus dem Schrank und zieht es an. Auch dieses findet in ihren Augen keine Gnade.

Während sie sich des Kleidungsstückes entledigt, höre ich sie leise vor sich hin murmeln:

„Hat man sich einmal vorgenommen ein Kleid zu tragen, wird einem unbarmherzig vor Augen geführt, dass der Stoff an einigen Körperstellen empfindlich einengt."

Unschlüssig inspiziert sie die übrige Garderobe. Dann ein erschreckter Blick auf die Uhr. Hastig greift sie eine Jeans und eine Bluse. Altbewährtes geht eben immer.

Schon klingelt es an unserer Haustür. Ich eile die Treppe hinunter in Richtung Tür, um den ersten Gast zu begrüßen.

Dabei geht mir noch durch den Kopf:

„Einen deutlichen Vorteil haben doch die Schlangen, meine ich.

Die Natur hat es so eingerichtet, wird es ihnen in ihrer Haut zu eng, häuten sie sich, was natürlich nicht alle Tage stattfindet.

Da ist es doch ausgesprochen beruhigend zu wissen, dass ich nicht jeden Tag mein Fell wechseln muss. Das setzte mich doch einem ziemlichen Stress aus.

Und sollte ich einmal an Gewicht zugelegt haben, so muss ich nicht befürchten, dass es meine äußere Hülle sprengt. Denn diese wächst entsprechend meinem Leibesumfang mit.

Träumereien.

Ab und an, wenn ich auf einen meiner gemütlichen Liegeplätze verweile, sinniere ich über das wahre Sein. Dabei komme ich dann oft ins Grübeln. „Was ist der Zweck meines Daseins?

Sollte ich ungesehen ständig alles tun, was man von mir verlangt? So bin ich doch kein freies Wesen. Ich müsste wollen, was ich tue, aber wer sagt, dass ich es auch liebe. Bräuchte ich nicht tun, was ich nicht wollte, so wäre ich frei."

Schaue ich mir die Menschen an, so bemerke ich doch bei sehr vielen von ihnen so eine gewisse Janusköpfigkeit. Sie haben zwar eine große Anzahl an Optionen, aber auch dort gibt es Grenzen ihrer Autonomie, die sie in ihrer Freiheit einschränken. Jeder ist in seinem Leben in irgendeiner Weise bestimmten Zwängen ausgesetzt.

In meinem Fall muss ich sagen, dass ich so selbstbestimmt bin wie ein Kleinkind. Jedoch habe ich ansonsten ein gutes Leben dabei.

Da mir als Hund das fehlt, was im Allgemeinen bei der Spezies Mensch vorausgesetzt wird, nämlich der Verstand, habe ich mich entschlossen, das Denken meinen Leuten zu überlassen. Sie werden dies sicher zu meinem Besten tun.

Ach, wäre es mir erlaubt, was Spaß macht. Den ganzen Tag andere Tiere beobachten und hinter ihnen her jagen.

Löcher buddeln im Garten und zwar in allen Bereichen, nicht nur an den mir zugewiesenen Plätzen. Im Schmutz und in Tümpeln mich suhlen, ohne das mich verfolgende „PFUI" und ohne den Vergleich mit einem Wildschwein.

Mit schmutzigen Pfoten über den Teppich laufen, dabei keinen entsetzten Aufschrei hören zu müssen. Jeden Tag einen gefüllten Fressnapf vorfinden, komme ich von den Spaziergängen nach Hause. Es gibt nichts, was ich mir mehr wünschen könnte. Das ist das wahre Hunde-Dasein.

Doch ist das nicht zu egoistisch? Es ist ja auch schön zu sehen, wie meine Menschen sich freuen wenn es mir gut geht und ich wenigstens ab und an gehorsam bin.

Sie in ihrem Glauben zu lassen, es geht voran mit ihrer Erziehung an mir.

Ihre Geduld mit mir scheint endlos zu sein. Alles braucht seine Zeit, so lautet ihr Credo. Es kann doch nur zu meinem Vorteil sein.

Manchmal ahne ich – zumindest sehr dunkel, dass ich noch vor gar nicht langer Zeit wusste, wovon ich mich am Tage ernähren sollte, denn es war niemand da, der mir Futter und Wasser gab. Daher bin ich froh, dass ich jetzt Menschen gefunden habe, die für mich sorgen und die gut zu mir sind. Ich bin ihnen dankbar dafür, so dankbar ein Hund eben sein kann.

Meine Anhänglichkeit zeige ich, indem ich ihnen nun auf Schritt und Tritt folge und sie nicht mehr aus den Augen lasse. Das, so finde ich, ist schon ein großes Zeichen meiner Zuneigung und meines Vertrauens, das ich ihnen entgegen bringe.

Genug der Überlegungen, jetzt werde ich erst einmal einen meiner Schlafplätze aufsuchen und meinen erholsamen Hundeschlaf halten.

Ach ja, bevor ich es vergesse, morgen steht wieder ein Treffen mit unserer Hundeflüsterin an. Mal schauen, was sie für merkwürdige Methoden sich ausgedacht hat, die sie meinen Leuten vermitteln will, damit diese wiederum mir das Unsinnige beibringen sollen.

Dazu kann ich nur eines sagen:

„Absolute Zeitverschwendung." Allerdings muss ich auch sagen, dass ihre wertvollen Tipps zur Genesung nach meiner Erkrankung sehr hilfreich waren, denn sie versteht nicht nur etwas von Hundeerziehung, sondern ist auch kundig in der Naturheilkunde.

Alle geben ihr Bestes, mich zu einem ordentlichen Mitglied der Hundegesellschaft zu machen.

Nur wie man sieht, habe ich diesbezüglich die Ruhe weg. Somit weise ich das so genannte Strebertum weit von mir. Ich kann außerdem auf das Verständnis meiner Erziehungsberechtigten bauen.

Sie behaupten von mir, ich hätte meinen eigenen Kopf.

Na, das will ich doch meinen. Sicher scheint es sich um eine Vererbung zu handeln.

Vermutlich entstamme ich einem berühmten Hundegeschlecht. Man wird ja noch träumen dürfen.

Schlafgewohnheiten.

In unserem Haus herrscht das Prinzip der offenen Türen. Die Freiheit ist jedoch für mich nicht grenzenlos. Genau vor der Schlafzimmertür hört sie auf.

Einmal habe ich es gewagt, mit meinen schmutzigen Pfoten, ach was sage ich, schmutzig ist ziemlich untertrieben, mich auf die Betten zu legen. Seitdem ist diese Tür geschlossen. Manchmal vergessen sie jedoch, diese zu schließen. Wenn ich mich dann allein gelassen fühle, weil sie zu tun haben, suche ich das Allerheiligste auf. Natürlich achte ich jetzt , dass meine Läufe sauber sind, um keine Spuren zu hinterlassen.

Vor ein paar Tagen war das wieder der Fall. Nachdem ich es mir auf dem Bett meines Frauchens bequem gemacht und mein Haupt auf ihr Kopfkissen gebettet hatte, schlief ich entgegen sonstiger Gewohnheiten ein und fiel in süße Träume. Ich träumte, sie beugte sich lächelnd über mich, strich mir zärtlich über den Kopf und flüsterte: „Schlaf gut mein kleiner Philo."

Doch jäh wurde ich in die Wirklichkeit zurückbefördert. Barsch klang die Stimme, die mir noch eben im Traum so lieblich schien: „Raus, aber sofort raus aus meinem Bett." Ertappt wie ich mich fühlte, versuchte ich es erst einmal auf die unterwürfige Tour, drehte mich auf den Rücken und hielt ihr meinen Bauch entgegen.

Unschuldig blickte ich sie an.

Aber all das zeigte so gar keine Wirkung. Normalerweise kraulte sie mich liebevoll.

Jetzt jedoch blieb sie hart, schaute mich streng an und deutete mit dem Zeigefinger in Richtung Tür. Versuche meinerseits, wie alle viere in die Luft strecken, dabei eine Vorderpfote lasziv herunterhängen zu lassen, meine Lefzen ein wenig zurückziehen, was sie immer als Lachen deutete und darüber sich freute, blieben erfolglos. Aber vielleicht dachte sie nun, ich lache sie aus. So blieb mir nichts anderes übrig, als mich zu trollen. Das traf mich hart.

Inzwischen stellte ich einige Überlegungen an, was ich tun kann, um nicht einzuschlafen. Kein Geistesblitz traf mich diesbezüglich.

Irgendwann fiel mir ein, dass sie mir einmal von einem berühmten Philosophen des 18. Jahrhunderts vorgelesen hatte.

Dieser Philosoph also, es war kein Geringerer als Immanuel Kant, hatte die Angewohnheit, jeden Tag einen Mittagsschlaf zu halten. Er wollte des Mittags nur zwanzig Minuten ruhen. Eine längere Ruhezeit erachtete er als ungesund. Damit er nicht einschlief, nahm er sein Schlüsselbund in die Hände und sobald er drohte ins Reich der Träume zu sinken, da ja dann seine Muskeln sich entspannten, entglitt das Schlüsselbund seinen Händen und fiel zu Boden.

Durch diesen Lärm wachte er auf.

Das ist eine fantastische Idee, dachte ich mir. Nur, was halte ich zwischen meinen Pfoten? Vielleicht einen meiner Kauknochen?

Einer von ihnen ist aus Holz, der andere ist ein Horn vom Damwild. Das dürfte genug Getöse verursachen mich zu wecken, sollte ich doch einschlafen.

Bestimmt wird es Letztgenannter sein, er lässt sich Pfoten-mäßig besser für meine Zwecke einsetzen

In der Zwischenzeit hat mein Schlafrhythmus eine Änderung erfahren. Seitens meiner Familie wird behauptet, ich sei vom Tages- zum Nachtaktiven Hund mutiert. Des nachts würde ich durch das Haus geistern.

Da am Tage lange Spaziergänge angesagt sind, habe ich natürlich das Bedürfnis mich ausreichend von diesen zu erholen. Jedoch spätestens nach Mitternacht bin ich ausgeschlafen und werde munter. Dann höre ich dieses Rascheln, das Maunzen, all die geheimnisvollen Geräusche, die von draußen ins Innere des Hauses dringen.

Ist es diese sehr dicke graue Katze, die immer dann mich weckt, wenn ich mich gerade in einer Tiefschlafphase befinde? Oder vielleicht die Igelmutter mit ihren Kleinen, die nach Nahrung suchend durch das trockene Laub wandert?

Es kribbelt mir gewaltig in den Pfoten.

Ich muss nachschauen, was dort in der Dunkelheit vor sich geht. Welche Tiere schleichen durch mein Revier.

In einer der Mulden möchte ich mich verstecken. Wenn sie dann an mir vorbei huschen, da sie mich nicht wahrnehmen, springe ich hervor und jage sie quer durch mein Territorium. Davon träume ich auf meinem Liegeplatz.

Doch jetzt hält mich nichts mehr auf meinem Platz. Ich beginne, im Haus hin und her zu laufen. Niemand scheint mich zu hören. Die verschlossene Tür hindert mich daran, hinaus in den Garten zu gehen.

Nun heißt es also, ein wenig Lärm verursachen, damit ich endlich gehört werde. Ein probates Mittel ist meine Stimme. Zunächst beginne ich mit einem leisen Winseln, das sich ganz nach Bedarf steigern lässt.

Zeigt sich noch immer nicht der gewünschte Erfolg, gebe ich einen lang gezogenen Laut von mir, der ein wenig dem Heulen eines Wolfes ähnelt. Prompt gehen im Haus die Lichter an. Sicher vermutet meine Familie, ich müsste dringend Gassi gehen. Das löst keine Begeisterung bei ihr aus. Oft höre ich ihre Frage:

„Kannst du in der Nacht nicht schlafen wie die anderen Hunde auch?"

Sogar bei den Menschen ist dies Verhalten weit verbreitet. Und ich frage mich, handelt es sich bei mir etwa um eine genetische Veranlagung?

Vielleicht ist dieses Verhalten aus meiner Vergangenheit aufgetaucht. Waren meine früheren Besitzer in der Nacht tätig? Dann hätte ich meine Schlafgewohnheit der ihren angepasst.

Das sind Fragen, die aus meiner Sicht, auf Ewig unbeantwortet bleiben werden.

So male ich mir die kuriosesten Abenteuer aus, in denen ich involviert gewesen sein könnte. Meine Familie allerdings interessiert etwas ganz anderes.

Sie wünschen sich endlich einen Hausgenossen, der des nachts Ruhe gibt und ihnen nicht den Schlaf raubt. Letztens hörte ich den vielsagenden Satz: „Mit zunehmendem Alter wird sich das ändern."

Da möchte ich meinen Leuten zurufen:

„In diesem Punkt wäre ich mir nicht so sicher. Viele Angewohnheiten zeigen eher die Tendenz, sich zu manifestieren, als vorüber zu gehen. Wobei hier die weniger Erwünschten gemeint sind."

Von den Guten nimmt man in der Regel ohnehin seltener Notiz.

Gerne sitze ich in den Abendstunden mit meinem Frauchen auf unserem gemeinsamen Sofa und lasse mir aus ihren Büchern etwas vorlesen.

Beim Klang ihrer leisen, ruhigen Stimme kann ich so wunderbar entspannen und gleite irgendwann sanft hinüber in Morpheus` Arme. Unter anderem erzählt sie mir auch von den Menschen.

Einmal sagte sie zu mir:

„Philo, es macht gar nichts, dass du als Tier nicht fähig bist zu Denken. Auch dass du kein Bewusstsein hast. Zumindest kein Ich-Bewusstsein.

Dafür hast du eine Seele und zwar eine sehr schöne, muss ich anmerken.

Diese Eigenschaft teilst du mit deinen Vorgänger-/innen. Ein Jeder von ihnen war einzigartig.

Unter den Menschen indes gibt es so manches seelenlose Wesen. Du musst wissen, es ist ihnen nicht anzusehen, denn sie sind meisterlich im Maskieren.

Denn schau, seit die Menschen denken können und sich ihres Bewusstseins bewusst sind, gibt es ja auch das Böse in der Welt."

Ach, ging es mir durch den Kopf, da ist was dran.

Als ich für einige Zeit kein Zuhause hatte und auf der Straße lebte, hat so ein Mensch mich verprügelt, dass mir eine Rippe brach. Das war sehr böse und ausgesprochen schmerzhaft für mich.

Im Gegensatz zu uns Tieren ist der Mensch unfertig. Er muss sich selbst erst noch vervollkommnen. Jedoch fehlt uns Hunden auch die Fähigkeit zur Reflexion.

Aber geht es uns damit nicht wie vielen Menschen? So ein großer Unterschied besteht manchmal doch nicht zwischen uns.

Schaue ich mir den Homo sapiens an, so bemerke ich, wie anstrengend denken sein kann, vor allem noch anstrengender das Nachdenken über sich selbst. Es kann doch von Vorteil sein, eine Ebene tiefer zu stehen.

Zarte Bande.

Vor einiger Zeit machte ich die Bekanntschaft mit einer überaus entzückenden Hundedame. Nach unserer ersten Begegnung ahnte ich, dass es eine Beziehung auf lange Zeit werden könnte.

Wir trafen uns an einem recht trüben Tag in dem kleinen Wäldchen nahe unseres Hauses. Tagelang hatte es geregnet, was die Besitzer sicher dazu anhielt, mit ihren Freunden auf vier Beinen, zügig durch den Wald zu gehen.

Sie gefiel mir auf den ersten Blick. Vielleicht sollte ich besser sagen, auf den ersten Geruch, als wir und begrüßten. Während unsere Zweibeiner sich bekannt machten und miteinander plauderten, nahmen wir die Gelegenheit wahr, uns ausgiebig zu beschnuppern.

Warum unsere Wege sich bislang noch nicht kreuzten lag wohl daran, dass jeder eine andere Strecke durch das Gebiet ging. Nun wollte es der Zufall, dass wir aufeinander trafen.

Von jenem bedeutenden Tag an gingen wir regelmäßig ein Stück des Weges gemeinsam und machten schließlich an einem Sandplatz halt. Dies ist ein beliebter Treffpunkt für Mensch und Hund. Ich war überglücklich, konnte ich doch jetzt unsere Beziehung intensivieren. Mit ihr zu spielen und zu toben macht auch heute noch einen Riesenspaß.

Unsere Art des Spielens mag für den außen stehenden Betrachter etwas robust anmuten.

Zum Beispiel in die Ohren beißen und an der Rute ziehen, sind vergleichsweise harmlose Neckereien. Gegenseitiges Jagen und Umwerfen gehört auch dazu. So kann es schon einmal vorkommen, dass man von diesen Rangeleien ein paar Blessuren davon trägt.

Ab und zu gesellt sich noch ein anderes, ebenfalls sehr bezauberndes Hundemädchen zu uns. Diese Hündin mit dem hellbraunem Fell kenne ich bereits seit längerer Zeit. Wohnt sie doch mit ihrer Besitzerin in meiner unmittelbaren Nähe, sozusagen in der Nachbarschaft. So habe ich stets Gelegenheit, sind wir auf dem Heimweg und gehen an ihrem Zuhause vorüber, eine kleine Spielrunde im Garten einzulegen. Denn es spielt sich auch mit ihr vorzüglich.

Auch uns Vierbeinern sollte man eine amouröse Bekanntschaft zugestehen.

Manchmal allerdings habe ich Bedenken, dass sie vielleicht irgendwann einmal eifersüchtig aufeinander sein könnten. Dies ist hinreichend auch bei den Menschen bekannt. Eifersucht ist ein Phänomen, dass durchaus auch vor uns Hunden nicht Halt macht.

Bis jetzt jedoch kann ich keine Anzeichen einer Unstimmigkeit zwischen uns allen erkennen.

Natürlich habe ich nicht die Absicht, auf den Spuren eines Giacomo Casanovas zu wandeln.

Eigentlich will ich ja nur spielen.

Sollte ich mich jemals für eine von ihnen entscheiden müssen, so machte es mich doch sehr traurig.

Unsere Treffen, so hoffe ich, finden noch recht lange statt und und dass wir alle weiterhin am gemeinsamen Spielen Freude haben werden.

Bote aus dem All.

Es gibt Momente, die ich außerordentlich genieße, zum Beispiel unser vertrautes Beisammensein. Entspannt Musik hören, dabei mir von meinem Frauchen den Kopf kraulen lassen. Der Eindruck täuscht sicher nicht, dass sie genauso wie ich sich wohl fühlt. Dies festigt unsere Beziehung zu einander. Eines Tages sagte sie unvermittelt in diese Stimmung hinein:

„Philo, dich hat der Himmel zu uns geschickt." Erstaunt sah ich sie an und fragte mich, ob ich denn nicht auf diesem, unserem schönen blauen Planeten geboren wurde. Und wer bitte sollte mich geschickt haben? Das stellt so einen kleinen Hund wie mich doch vor ein großes Rätsel. Vielleicht klärt mich mal jemand auf.

Sehe ich irgendwie anders aus? Vielleicht wie ein Engel mit Flügeln? Oder aber habe ich Ähnlichkeit mit einem Alien? Ich weiß allerdings auch nicht, wie diese anderen Lebewesen – sollte es überhaupt welche auf einem anderen Planeten geben – aussehen. Bis zum heutigen Tage wurde zwar noch nie eines dieser Wesen gesehen. Aber niemanden zu finden heißt nicht, dass niemand da ist.

Wenn doch, welche Sprache sprechen sie? Etwa außerirdisch? Anscheinend bin ich schon als Welpe auf diese Erde gekommen, denn ich verstand nur französisch gesprochenes. Zumindest kann ich mich diesbezüglich an nichts erinnern.

Irgendwann wollte ich der Sache auf den Grund gehen.

Doch da erlebte ich etwas sehr Befremdliches. In unserem Flur steht ein großer Spiegel. Als ich hineinsehen wollte, stand schon ein anderer Hund davor. Es schien, dieser Andere hatte es darauf angelegt mich zu ärgern. Er ahmte alle meine Bewegungen nach. Das fand ich höchst frustrierend. Wollte ich ihn verbellen, bellte er ebenfalls. Spätestens jetzt ertönte aus irgendeiner Ecke des Hauses der Ruf nach Ruhe.

Diesen Vorgang wiederhole ich bis zum heutigen Tage, doch es geht immer auf das Selbe hinaus. Ich wollte ihm zu verstehen geben, dass dies hier mein Zuhause ist. Langsam frage ich mich, ist seine Familie nicht im Besitz eines eigenen Spiegels, dass er in fremde Häuser gehen muss um sein Äußeres zu betrachten? Er sieht ja ganz passabel aus. Ob auch ich so ansehnlich bin? Wenn dieser Typ nicht bald vor dem Spiegel verschwindet, werde ich das nie erfahren.

Gehen wir draußen spazieren, wechselt zumindest niemand die Straßenseite. Auch habe ich bis jetzt kein Erschrecken in den Gesichtern der Menschen gesehen. Die Besucher unseres Hauses geben sich mir gegenüber ziemlich normal. Sie trauen sich sogar, mich ausgiebig zu streicheln.

Wo ich gerade von den Gästen erzähle, hat mich doch vor kurzem einer von ihnen gefragt:

„Na Philo, war das nicht eine glückliche Fügung des Schicksals, dass du ein so gutes Zuhause gefunden hast?"

Daraufhin blickte ich mein Frauchen an und wartete darauf, was sie an Stelle meiner erwidern würde. Und diese sprach ganz in meinem Sinne:

„Es ist der Zufall an den ich glaube. Er ist ein wesentlicher Aspekt des Lebens."

Ich möchte es einmal so sagen: wahrscheinlich ist es gerade dieser Zufälligkeit zu verdanken, dass ihr Blick auf mich fiel, sonst wäre jetzt sicher ein Anderer an meiner Stelle.

Jedenfalls meine ich, wie dem auch sei, Schicksal oder Zufall, ich bin in jeder Hinsicht mit meinem Hier und Jetzt höchst zufrieden. Besser könnte es mir nirgendwo ergehen. Für mich ist es ein wahres Glück.

Spiel gegen alle Regeln.

Es gibt Tage, an denen mich die Lust packt, einmal wieder meine Grenzen auszuloten. Dabei alle Regeln – die in diesem Fall allerdings nur für mich gelten – außer Kraft setzen.

Eines der leichteren Vergehen ist, um ein Beispiel zu nennen, das Jagen der Vögel und Eichhörnchen in unserem Garten. Das rechtfertigt in den Augen meiner Familie die gelbe Karte.

Als schwerwiegender dagegen werden meine „Erdarbeiten" angesehen.

An warmen, sonnigen Tagen habe ich oft ein großes Bedürfnis, mir einen neuen Liegeplatz einzurichten. Dieser Platz sollte etwas abgelegen sein. An Möglichkeiten mangelt es mir nicht.

So spazierte ich also suchend durch das Refugium meiner Besitzer, um einen Ort zu finden, der meinen Zwecken entgegenkam, nämlich die Gewissheit, dort ungestört sein zu können.

Nachdem ich diesen ausfindig gemacht hatte, begannen die Vorarbeiten. Denn vor dem Vergnügen steht bekanntlich der Fleiß. Mit Akribie entfernte ich zuallererst das Grünzeug, das sich reichlich auf meinem zukünftigen Lager befand. Nun ging es ans Graben. Erstaunlich leicht ging mir die Buddelei von den Pfoten.

Merkwürdig fand ich nur, dass hier der Boden so locker war. und ich fragte mich, ob etwa jemand für mich vorgearbeitet hätte. Doch dann müsste man von meinem Vorhaben gewusst haben und es rührte mich ein wenig, dass mir dieser Raum zugestanden wurde.

Nur war es mir rätselhaft, was es mit dem Grün auf sich hatte, das ich bereits entfernte. Es war zumindest nicht essbar, wie ich erschnupperte. Sicher war es angedacht, mir das Ganze ein wenig zu erschweren. Denn je leichter jemand ans Ziel kommt, umso geringer ist die Freude darüber.

Das Erdreich, das ich ausgehoben hatte, wurde zügig in alle Winde verstreut. Es ist ja auch nicht schön anzusehen, wenn neben meinem Ruheplatz ein Haufen Erde aufgetürmt liegt. Mein Frauchen, so meine Beobachtung, pflegte ebenfalls die Reste über die anderen Beete zu verteilen.

Mag sein, dass es bei mir nicht so gelungen aussah. Mir ist ja auch nicht das gegeben, was allgemein der grüne Daumen genannt wird.

Nach einer Weile erschien mir das Loch tief und breit genug. Zeit, einmal Probe zu liegen. Jetzt nur noch ein wenig meiner Körperform anpassen. Perfekt, wie ich meinte.

So zu liegen ist ein Genuss. Von oben wärmen mich die Sonnenstrahlen, von unten kühlt die Erde meinen Bauch.

Sehr wichtig jedoch ist mir, dass ich meine absolute Ruhe habe.

Gerade hatte ich eine bequeme Stellung in meiner Mulde eingenommen, schloss ein wenig die Augen, um so dösen, als plötzlich ein Schatten über mich fiel. Meine erste Eingebung war:

„Geh mir aus der Sonne".

Nun lag ich ja nicht wie der alte Grieche Diogenes in einer Tonne, obwohl ich zugeben muss, dass ich mich so fühlte, sondern in einem Erdloch.

Allerdings kann ich nicht unbedingt von mir behaupten, ein bedürfnisloses Wesen zu sein. Ein gutes Essen und eine bequeme Unterlage auf meinem nächtlichen Lager weiß ich sehr zu schätzen.

Da dieses Leben nur eine endliche Zeitspanne währt und es kein anderes geben wird, wünsche ich für mich ein freudvoll verlaufendes.

Doch irgendjemanden schien mein kleines Glück zu missfallen. Und als der Schatten nicht weichen wollte, hob ich den Kopf und sah in das entsetzte Gesicht der Hüterin des Gartens. Sie rang sichtlich nach Fassung und fragte mich mit einem Tonfall in der Stimme, der nichts Gutes verhieß:

„Was bitte soll das für ein Spiel sein? Der Garten mutet an manchen Stellen an, als hätte eine Granate eingeschlagen."

„Ach", sagte ich mir, „was für eine maßlose Übertreibung. Wegen ein paar Löcher so viel Aufheben." Dabei warb mein Blick für Verständnis.

„Und überhaupt, geh mir aus der Sonne. Würde ein Jeder tun, was er wollte und an keine Regeln sich halten, die uns nun einmal Grenzen setzen, dann mein Philo, herrschte in der Welt die reine Anarchie. Darum gehst du mir aus der Sonne und zwar sofort."

Diesen Argumenten konnte ich nichts entgegen setzen.

Das entsprach eindeutig einem Platzverweis.

Ein Hoch auf die Langsamkeit.

Es heißt oft von uns, wir lägen den lieben, langen Tag auf der faulen Bärenhaut. Kann es sein, dass da ein wenig Neid mitschwingt? Wir befinden uns eben häufig im Entschleunigungs-Modus.

Wir verstehen uns in hervorragender Weise auf das Zelebrieren der Muße.

Die Menschen können von unseren Entspannungstechniken vieles sich abschauen. Wir haben es eben um ein Wesentliches einfacher.

Wer, wie zum Beispiel wir Hunde, nicht fähig ist zu denken, kann auch keine Gedanken hin und her wälzen, die manch einem das Leben schwer machen.

Der Mensch müsste lernen, der Gegenwart größere Aufmerksamkeit zu schenken und diese voll auskosten.

Sehr viele von ihnen glauben, je mehr sie an Optionen und Erlebnissen in ihr endliches Leben packen, sie auf diese Weise zwei Leben ausfüllen könnten.

Nicht mit dem bisher Erreichten zufrieden zu sein, verleidet die Mußestunden. Denn nur etwas um seiner selbst willen zu tun, bringt ja letztendlich die erwünschte Muße.

Aus Erzählungen entnahm ich, dass schon den Menschen in der Steinzeit der Gedanke an die Muße nicht fremd war.

Auch sie pflegten bisweilen den Müßiggang. Einmal Pfeil und Bogen an die Seite legen und das Jagen der wilden Tiere verschieben. Das gab ihnen Raum für ihr schöpferisches Schaffen.

Wahrscheinlich wären sonst nie ihre Höhlenbilder entstanden. Die Zeit des künstlerischen Bewohners der Erde hatte begonnen.

Doch mit der Zeiteinteilung begann das Dilemma, denn mit ihr stellte sich fortan ein chronischer Mangel an Zeit ein. Was für eine grandiose Errungenschaft unserer Hochkultur.

Welch erhabenes Gefühl ist es dann, frei über seine Zeit verfügen zu können.

Auch meine Familie gibt sich ab und zu dem süßen Nichtstun hin.

Einfach einmal den Tätigkeitsimperativ außer Acht lassen und nicht ständig sich abhängig machen von Telefon, Computer und Co. Das Selektieren von Wichtigem und Unwichtigem kann dabei sehr hilfreich sein.

Den Blick ins Grüne oder über das Wasser schweifen lassen. Mit sich selbst in Kontakt kommen, dabei den Geist klären.

Einfach des öfteren das Hamsterrad im Kopf ausbremsen. So sind alle wesentlich entspannter, wovon vor allem auch ich profitiere.

Die Abstinenz von Beschäftigung, außer vielleicht das Nachdenken, so argumentiert mein Frauchen, setze enorme Kräfte frei.

Dadurch werde die Kreativität angeregt und sie wäre danach wieder voller Tatendrang.

Nun, dergleichen kann ich von mir nicht behaupten. Den zündenden Funken in meinem Gehirn habe ich bislang noch nicht verspürt.

Hier enden meine Betrachtungen. Sicher gäbe es noch einiges, das zu erwähnen lohnenswert wäre. Es freut mich, wenn der Leser eine Strecke meines Weges mich begleitet hat.

Bisher erschienen im BoD-Verlag:
GedankenReich
Lyrik
Sigrid Hamann 2017

ISBN:978-3-743134140

Familie Fuchs zieht in die Stadt, BoD-Verlag
Kinderbuch
Sigrid Hamann 2017

ISBN:978-3-743-162501